GW00372982

Attent[illegible], dragon !

AMÉLIE CANTIN

ILLUSTRATIONS DE
HERVÉ LE GOFF

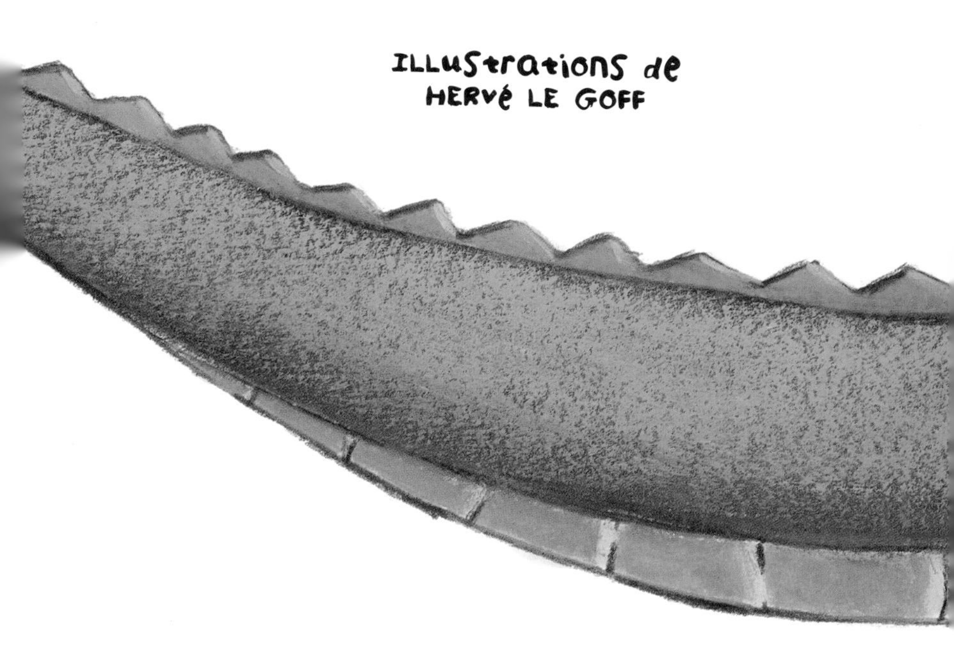

GRRRR GRRRR

Chapitre 1

« GRRRR GRRR ! »
Dans le jardin, Tom et Lisa
ne bougent plus. Ils ont entendu
un grognement de l'autre côté
de la haie. Un grognement à faire
dresser les cheveux sur la tête.
Tom et Lisa claquent des dents.

Mais, courageusement, sur la pointe des pieds, ils s'approchent de la haie.

« GRRRR GRRRR RRROOOÂÂÂRRR ! »

Tom et Lisa s'enfuient en courant.

Ils se mettent à l'abri dans la maison.

Mais leurs dents
continuent
de claquer.

Quel monstre
peut bien
se cacher derrière la haie du jardin ?

Lisa secoue la tête. Elle a peur, mais elle ne veut pas rester cachée. Elle est décidée à voir la tête de ce monstre.

– Tu es folle, la prévient Tom en claquant encore un peu des dents. C'est peut-être un dragon !

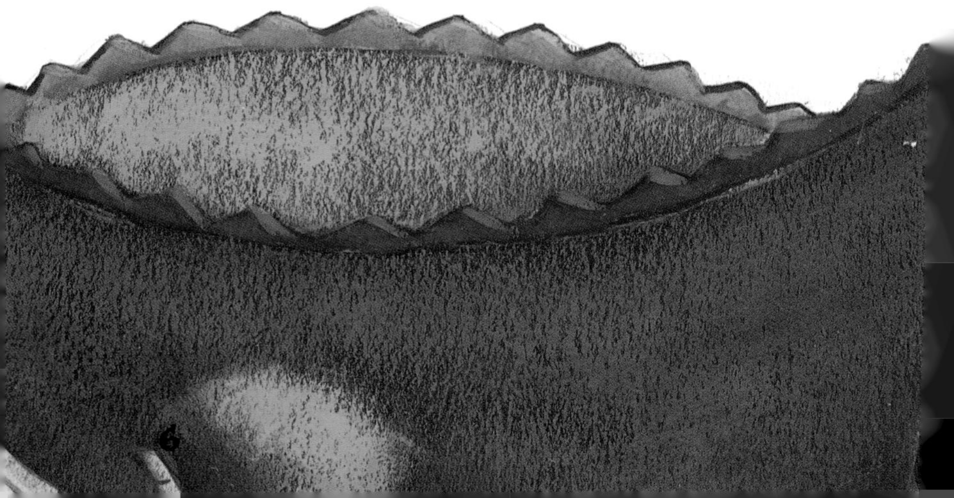

– Tu as peut-être raison, répond Lisa. Un énorme dragon avec des écailles vertes…

– ... et une crête piquante,
continue Tom.

– Des cornes effrayantes,
reprend Lisa.

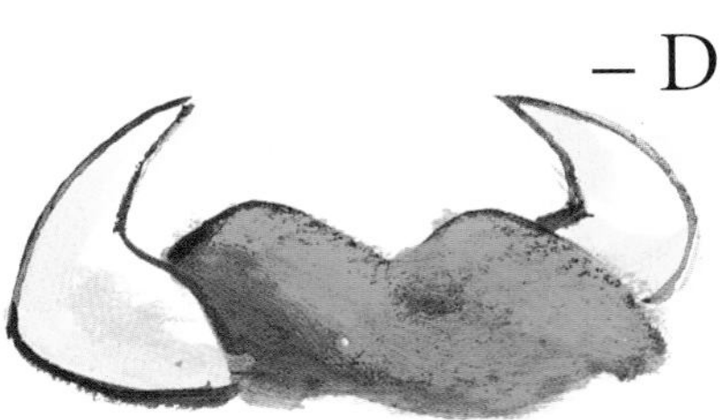

– Des yeux globuleux,
ajoute Tom.

– Et des dents pointues
comme des couteaux !
termine Lisa.

Maintenant Lisa n'a plus
du tout envie de sortir.
Elle n'a pas envie
de se faire dévorer.
Mais elle a une idée.

– Écoute, Tom, chuchote-t-elle,
voilà ce que nous
allons faire...

Chapitre 2

– Pour combattre un dragon, il faut être un chevalier, explique Lisa.

– Mais pour être un chevalier, il faut un casque, dit Tom.

Lisa ouvre le placard de la cuisine.

– Cette casserole fait très bien l'affaire dit-elle. Moi, je prends la passoire.

– Mais pour être un chevalier,
il faut une épée,
dit Tom.

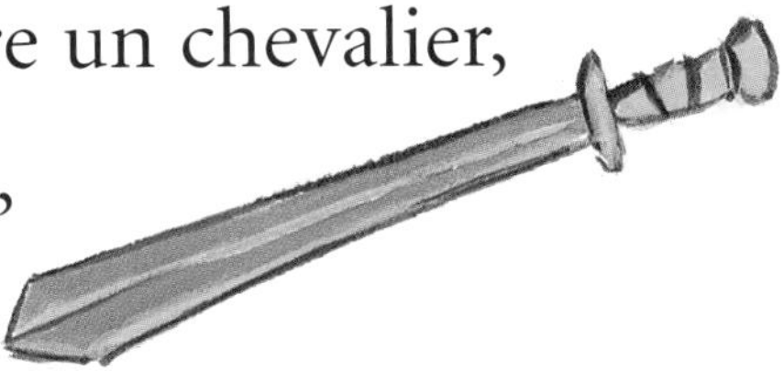

– La louche et la cuillère
en bois font très bien
l'affaire, continue Lisa.

– Mais pour être
un chevalier, il faut
des boucliers,
dit Tom.
– Ces couvercles
font très bien
l'affaire,
affirme Lisa.

Tom et Lisa sont armés jusqu'aux dents.
Courageusement, sur la pointe des pieds, ils s'approchent de la haie.

– Regarde, Lisa, de la fumée !
s'écrie Tom.

Un filet de fumée noire monte au-dessus de la haie, tout doucement.

Tom et Lisa s'enfuient en courant.
Ils se mettent à l'abri dans la maison.
– **C'est le dragon !** crie Lisa.

– Il a craché des flammes
par les narines
et maintenant, ça fume !
dit Tom en recommençant
à claquer des dents.

– J'ai une idée, dit Lisa. Ce dragon, nous allons l'arroser.

– Mais pour arroser un dragon, il faut une lance à incendie, dit Tom.

– Le tuyau d'arrosage que Papa a oublié dans le jardin fera très bien l'affaire, déclare Lisa.

Cette fois, Tom et Lisa sont parés. Courageusement, sur la pointe des pieds, ils s'approchent de la haie. Lisa montre à Tom un petit trou dans la haie. Tom la suit, pas très rassuré.

Ils se faufilent à quatre pattes.

Les voilà dans le jardin du voisin.
Où le dragon peut-il bien se cacher ?
Tom et Lisa avancent sans bruit.
Dans ce gros buisson, ils seront
en sécurité.

– Tom, regarde, murmure Lisa.
Juste là, à quelques pas, une énorme
trace de patte griffue
est enfoncée
dans la pelouse.

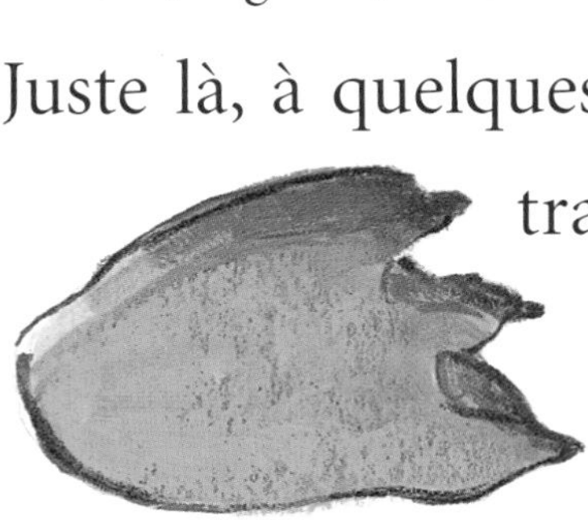

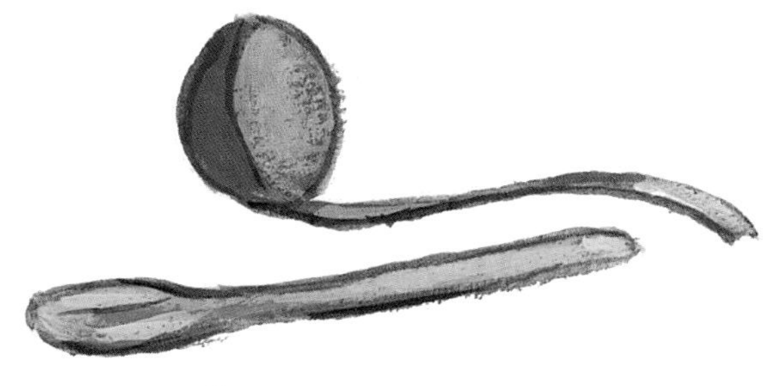

Chapitre 3

À travers les feuilles du buisson,
Tom et Lisa regardent le jardin
du voisin. Pas de dragon.
Tom et Lisa sortent de leur cachette.
Tom serre fort dans sa main
la cuillère de bois. Lisa tient la louche
à deux mains.

Pas de bruit.

Mais tout à coup...

Le grognement est tout près d'eux.

Tom lâche sa cuillère, il recule, son casque glisse sur ses yeux, il recule encore et tombe sur les fesses...

Les énormes griffes du dragon s'écrasent sur sa poitrine, une haleine brûlante lui chauffe les joues.

« GRRRRR GRRRRR RRROOOOÂÂÂRRR ! »

– Au secours, le dragon va me dévorer !

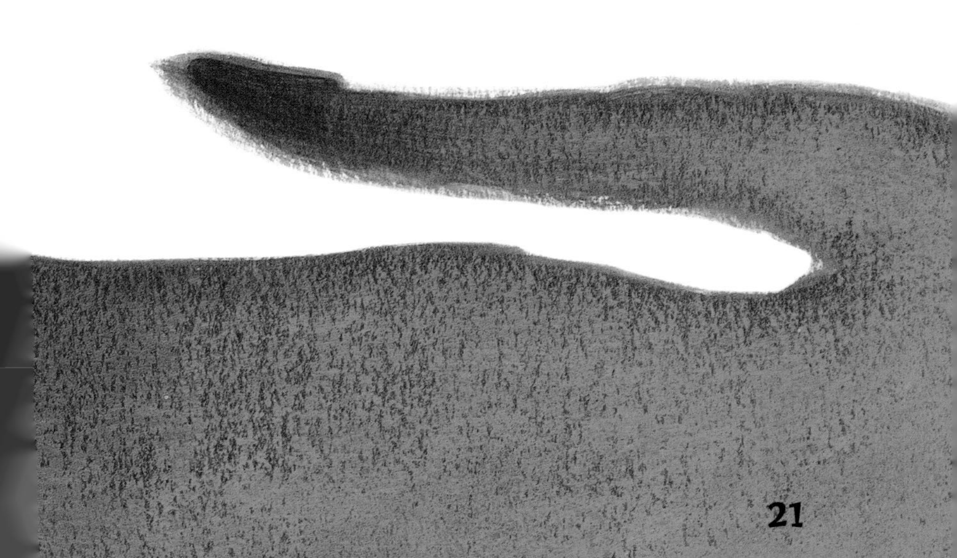

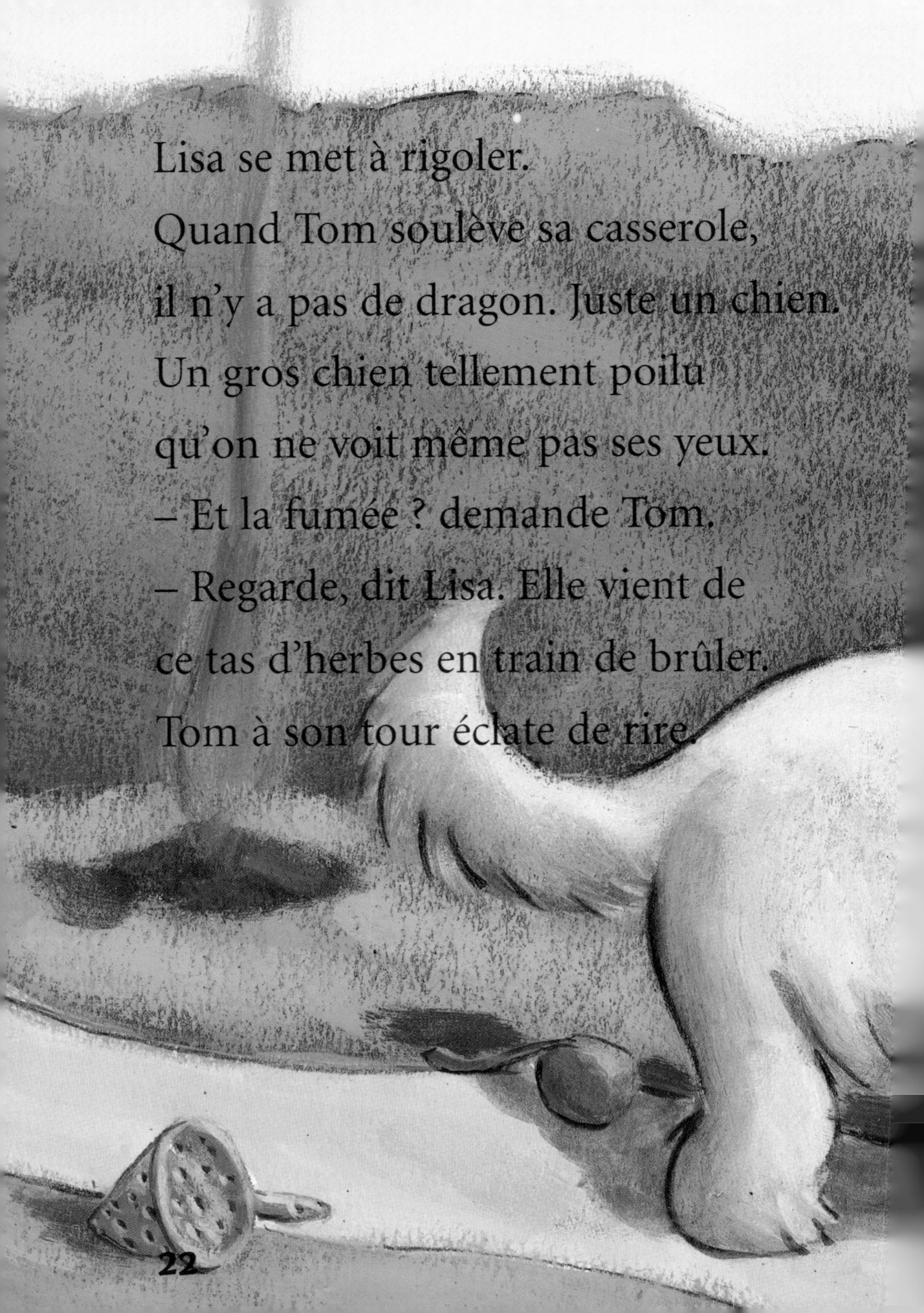

Lisa se met à rigoler.
Quand Tom soulève sa casserole,
il n'y a pas de dragon. Juste un chien.
Un gros chien tellement poilu
qu'on ne voit même pas ses yeux.
– Et la fumée ? demande Tom.
– Regarde, dit Lisa. Elle vient de
ce tas d'herbes en train de brûler.
Tom à son tour éclate de rire.

Le gros chien aboie joyeusement. Dans le jardin, Tom et Lisa n'ont plus peur de rien. Avec ce drôle de dragon, ils ont trouvé un nouveau copain.

FIN

© 2000 Éditions MILAN
300, rue Léon-Joulin, 31101 Toulouse cedex 100 – France
Droits de traduction et de reproduction réservés pour tous les pays.
Toute reproduction, même partielle, de cet ouvrage est interdite.
Une copie ou reproduction par quelque procédé que ce soit,
photographie, microfilm, bande magnétique, disque ou autre,
constitue une contrefaçon passible des peines prévues
par la loi du 11 mars 1957 sur la protection des droits d'auteur.
Loi 49.956 du 16.07.1949
Achevé d'imprimer le 2e trimestre 2001
Dépôt légal n° 3054
ISBN : 2-7459-0053-6
Imprimé en France par Fournié

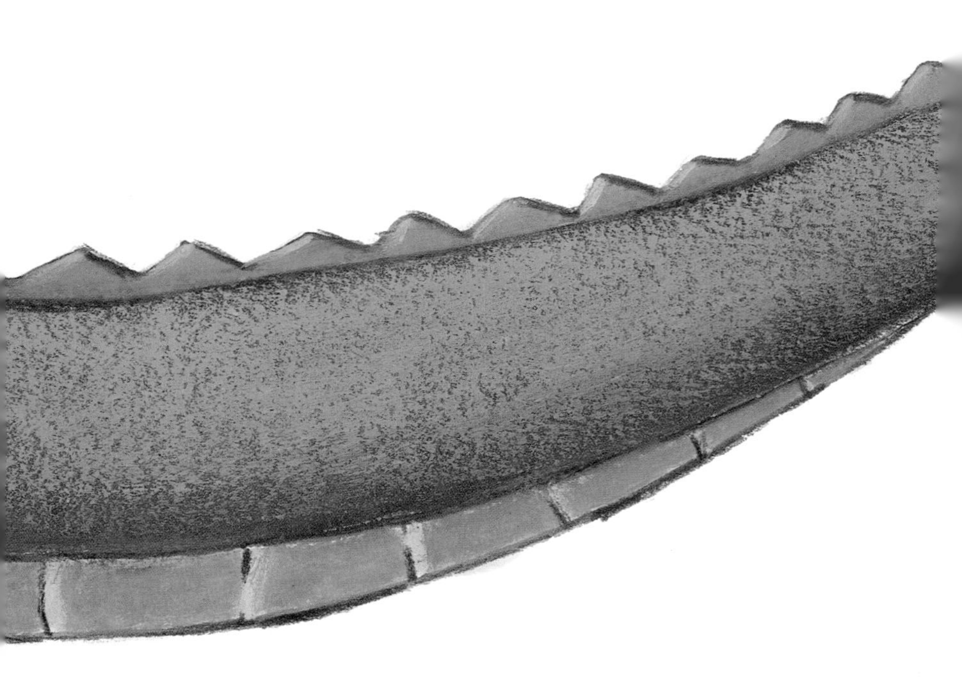